Zimmerschied: Klassentreffen

D1724700

Siegfried Zimmerschied

Klassentreffen

Andreas-Haller-Verlag

Erste Auflage 1985
Alle Rechte vorbehalten.
© 1985 Andreas-Haller-Verlag
(Karl Stutz) 8390 Passau
ISBN 3-88849-104-5

INHALT

Planspiel in Hidring

Obwohl die Friedens- und Abrüstungsverhand-
lungen auf höchster Ebene nur schleppend voran-
gehen, werden sie nun dezentral an ebenso kom-
petenter Stelle engagiert und fachkundig fortge-
setzt.
Herausgegriffen aus den zahllosen Komitees und
Planspielgruppen sei der Stammtisch des Gasthofs
»Zur Post« in Hidring.
Vom Ernst und der Schwere des Thema gezeich-
net versucht man in tiefer Verantwortung für diese
unsere Welt, diese Geißel der Menschheit zu be-
greifen.

A: *Stiert ins Bierglas, dreht es, fischt etwas heraus,*
   zerdrückt es
   A Marienkäfer.
B: *Stützt sich auf dem Tisch ab, spricht schwer, lang-*
   sam und nuschelnd
   Oiso guad.
   Iatzt song' ma amoi, du, gey, oiso du, du bist da
   Russ.
A: *Angegriffen*
   Wos...bin i?!
B: Da Iwan.
A: Sog des no amoi.
B: Kruzefix, ein potemkinscher Russe, a reina
   Planspiel-Iwan.
A: *Agressiv*
   I bin ned amoi im Dilirium da Russ, du Rot-
   kapp'n du wurmige.
B: *Rutscht über den Tisch drohend näher*
   Du, daß da fei ned glei a Aung davokug'lt. So
   schney kannst du gor ned schaung, daß'd nix

mehr sähgst.

A: Da Russ bin i ned und schwul bin i a ned.

B: *Einlenkend*

Dann schpui hoid i an Russ'n.

Ohne a'n Russ'n hod jo des ganze Aufrüst'n koan Sinn.

A: *Sieht sein Vorurteil bestätigt*

Du, da Russ, des hob i ma denkt.

Wendet sich dem dritten Mann zu, der in der Mitte sitzt

Und da Xare is' da Chines'.

A geybe Unterhos'n hod' a scho.

B: *Abwinkend*

Der is jo scho zua...wia a Gerst'nsilo.

A: Dann is a d'UNO.

Schlägt ihm auf die Schulter

Gey Xare, schpuist d'UNO.

Brauchst nur dositz'n und d'Scherb'n zeyn. Wenn's g'fährlich wiad, gähst zum Bis'ln und wenn oisse hi is'sogst: A so gähd des fei ned.

C: *Lallend*

A so gähd des fei ned.

B: Oiso guad, du bist da Ami, i da Russ' und da Xare d'UNO. Des is doch scho a Fortschritt.

Prostet A zu

Nastrovje Ronnie: Frieden packen – durstig macken.

Sie setzen sich, trinken, kurze dumpfe Pause

A: *Überlegt*

Ja, iatzt muaß owa a jeda no wos vateidig'n, oda?

B: *Erkenntnisträchtig*

Ah, ja.

Woaßt wos: I vateidigt mei Nudelsupp'n. Des is iatzt praktisch a volkseigene trübe Brühe mid lauta gleiche Arbeiter und Bauernnud'ln.

A: *Maßkrugstemmend*
Und i vateidigt mei Goaßmaß.
De Goaßmaß, des is' da West'n: A dunk'lbraune Briah mid vui Coca Cola drinn.
Prostet B zu
Konstantin, oida Depp.
Sie trinken, wieder kleine Pause
B: Um wos rüst' ma iatzt eigantlich?
A: Ah ja, oana muß jo g'winna.
Er holt drei Zigaretten aus der Brusttasche
Iatzt paß' auf.
Freiheit, Gleichheit, woaßt eh.
Er legt die drei Zigaretten in die Mitte des Tisches, nimmt einen tiefen Zug von seiner Zigarette und tippt die Asche versehentlich in die Nudelsuppe von B
B: *Nach einem langen bedrohlichen Blick*
Host iatzad du dei Asch'n in mei Nudelsupp'n einebräs'lt?
Host du iatztad tatsächlich mid deina revanchistisch'n Staubwoik'n mei Nudelsupp'nehre valetzt?
Woaßt wos i iatztad dua, ha?
Woaßt du, wos i iatzad ganz brutal dua, ha?
Iatzt stationier' i de drei Zigarett'nstumperl vor deina Goaßmaß.
Er platziert drei Zigarettenstummel vor dem Maßkrug von A
Und wenn du mei Nud'lsupp'n a nur vakeat aschaugst, dann wiad dei Soachloka zum Rauchbier, des garantier' i da.
A: Aha, do schaug her.
Wiederholt den Vorgang
Drei Schtumperl und...fian Zweitschlag a Zigarr'n. Konstantin, es lebe der Tod!

9

Sie prosten sich wieder zu, trinken, plötzlich er-
starrt der Blick von A
Wos duast denn du mid dera Maggiflasch'n?
Aha.
Schtey du dei Maggiflasch'n ruhig auf.
Woaßt wos i iatzt dua, ha?
Iatzt stationier' i de Zahnstocher auf mei'm
Soizschtangal und bevor dei Gewürzbomb'n
überhaupt zum Fliang kimmt is dei Nud'n-
supp'n scho a Soizwüste.

B: *Steigert sich*
Und wos sogst du do dazua:
A Pfefferbichs'l auf a'm Esslöffe und do druck' i
nur a ganz a kloans bissal drauf und du niast'da
dei System von seyba kaputt.

A: *Laut*
Do loch'i grod, du.
Do häng i mir a Serviett'n vor d' Lätsch'n und
wart' bis dei Nud'lsupp'n von seyba koid wiad.
Lauter koide Bauern host dann.
Der Kommunismus ist eine Fußnote der Welt-
geschichte.

B: Da Kapitalismus steht seit zweihundert Jahren
kurz vor dem Zusammenbruch, des sog' da i
und – damit i des besser sähg – bau i mia iatzad
aus lauter Bierfuiz'l an Satellit'n.
Er baut ein hohes Gerüst aus Bierfilzen
A Kunstwerk.
Er beginnt beschwörend das »goldene Kalb« zu
umkreisen
Da Fried'n is' so guad vaschteckt, damit'n da
Feind a ned entdeckt.

A: *Nimmt die schleichende Bewegung auf*
Da Fried'n is' so sicher, so sicher wia no nia –
bloß wia kimm i iatzad hi', hi' zu mei'm Bia.

B: Des Gleichgewicht werd' uns den Fried'n garantian
Beschwört das Publikum
Nur oisse muaß schtad sei und koana deaf se rian.
Diese Stimmung wird jäh zerstört durch das Auftreten der Bedienung.
D: *Erschrickt über den total versauten Tisch*
Oiso, oiso, ihr Saubärn.
Der ganze Disch schaut aus wia a Türk'nauto.
Sie berührt mit ihrem Hintern den Tisch.
A: *Hysterisch*
Bist du wahnsinnig.
Iatzt hätt'st mid deim Brauereipferd'losch boid an dritt'n Weydkriag ausg'löst.
B: Du bist jo a Sicherheitsrisiko.
D: *Verständnislos stößt sie wieder gegen den Tisch*
Zoid wiad.
A: *Stützt verzweifelt seine Konstruktionen*
Vorsicht, d' Killersatellit'n wack'ln.
B: *Wird von den zusammenstürzenden Filzltürmen zu Boden gezwungen. Flüchtet neben und unter den Tisch*
Z'schpäd, mir rinnt scho d' Nud'lsupp'n ins G'nack.
Nach einer kleinen Pause taucht er aus seiner verkrampften Position langsam wieder auf. Er wischt sich die Suppe aus dem Gesicht und betrachtet fassungslos die Katastrophe
So schney kann's geh', wenn so a Osch drakimmt.
A: *Ebenfalls konsterniert*
Da Roswitha ihr'n Osch, den hamma ned ei'kalkuliert. Owa sunst war's ganga, des garantier' i dir. Oda Xare.
Er schlägt ihm auf die Schulter und weckt ihn dadurch auf

C: *Ratlos, mechanisch*
   A so gähd des fei ned.

Reaktionen auf das
»Passauer Volkstheater«

Wenn man mit einem Theaterprojekt durch die Lande zieht, das sich ganz bewußt zu den traditionellen Mitteln des Volkstheaters, der Schwänke und Komödien bekennt, dann haben mit dieser Form verschiedene Personengruppen ihre ganz speziellen Schwierigkeiten.
Drei davon seien nun kurz skizziert.
Die erste Personengruppe sei überschrieben mit:

Kritikergedanken
über das Tragen halblanger Unterhosen

Vorgetragen im Stil und im Ton eines bekannten Chefkritikers einer ebenso bekannten Frankfurter Zeitung.

Was, was, was hat sich denn der Autor dabei gedacht, ständig in halblangen Unterhosen aufzutreten?
Will er denn damit, quasi als Gleichnis uns alle auf die Vergilbtheit unserer Seelen, diese Ausgewaschenheit unserer emotionalen Wirklichkeit im technologischen Holocaust verweisen?
Oder ist dies eher ein Symbol, ein warnender Fingerdeut auf die Wiedergeburt des unansehnlichen Anachronismuses, will sagen auf die stille, schleichende Rückkehr des überwunden geglaubten Grauens in unsere Küchenidyllen?
Oder ist diese Unterhose gar ein Chiffre, ein prallgefülltes Signal im Sinne des Rousseauschen

»Rückkehr zur Natur«, will heißen zur Umkehr, zur Heimkehr, sozusagen eine ökologische Apotheose der Hose?

Dies alles hätte der Kritiker gern gesehen und beschrieben, hätte es im Wohlgefühl seiner seherischen Auserwähltheit, seiner priesterhaften Unverzichtbarkeit der lesenden Minderheit aufgedröselt.

Doch nein – weit gefehlt.

Ein Gag ist sie – die Hose, ein derber Bauerntheaterspaß, ein inhaltsloser Lustkatalysator. Diese Deutlichkeit, die keiner feuilletonistischer Interpretation mehr bedarf, verstimmt den Kritiker.

Worin soll er denn noch lesen, wenn man ihm den ästhetischen Kaffeesatz wegnimmt?

So wollen wir hoffen, daß er noch einmal mit Axt und Schere durch sein Stück geht und wollen wir hoffen, daß er der Unterhose jene kammerspielartige Knappheit wiedergibt, die dann auch unseren Kunstgesäßen größere Bedeutung verleiht.

Es kann natürlich auch passieren, daß sich die Medien für so ein Stück interessieren.

Und dann beginnt ein immer gleiches Spiel.

Man trifft sich mit dem Redakteur und seiner Assistentin in einem lauschigen Cafe; er in der Bluthochdruckröte des resignierten BR-Pragmatikers, trinkt Bier, raucht Rothändle und vorerst aus dem Hintergrund strahlt er etwas aus, das irgendwo zwischen Zynismus und Zirrhose liegt.

Im Vordergrund zunächst sie, in der verführerischen Bläße der Assistentenehrlichkeit, mit strahlendem Optimismus, eine Circe wider Willen, die Anmut des Idealisten als Lockvogel im ewig gleichen taktischen Spiel der Mächtigen.

A: *Ernst und sinnlich*
Weißt du Sigi, ich finde es so wichtig, daß wir das machen Sigi, weißt du.
Irgendwo hat das Ganze ja auch mit so etwas wie mit irgendwie mit Selbstachtung zu tun, Sigi weißt du.
Ludwig meint das doch auch, nicht wahr Ludwig.

R: *Lachend, ihr auf die Schulter tätschelnd*
Ja, ja, de Ulla.
Ulla mia mochan Fernsehen, bayerisches Fernsehen, und koa Kunst, Ulla.

A: Aber wir müssen doch kreativ sein und uns mögen bei der Arbeit, Ludwig.

R: Ja, ja de Ulla.
Ulla, wo beim Künstler de Kreativität sitzt, do sitzt bei uns da Rundfunkrat, Ulla.
Na, Herr Zimmerschied es gähd ganz einfach um folgendes:
Nimmt einen tiefen Lungenzug
Uns is do a Termin platzt und über oan, zwoa

15

Sätze miaßat' ma no red'n ob de im Sinne vom Rundfunkgesetz a neamt' beleidig'n, owa wia i Sie kenn', wia i mi kenn', wia i de andan kenn, glaub' i gähd des scho, oiso dann bis Montog, Herr Zimmerschied.

A: *Eindringlich*
Füiti, Sigi.

Und am Montag rücken sie dann an.
38 Mann für die Aufzeichnung eines Volkstheaterstücks, 38 Mann, streng nach Kompetenzen getrennt; zuständig für Türeaufmachen und Türezumachen, für Nageleinschlagen und Nagelumbiegen, Kamera schieben und Kamera ziehen.
38 Spezialisten bei der Arbeit.

T: *Betrunken, sauer*
I woaß ned wos i heid hob', he.
Iagandwie schmeckt's ma heid ned.
Ois' so hektisch heid.
Um hoibe neine sogt' a: Er brauchat den Anschluß im Nebenzimmer.
Ja guad, i nimm' des Kabe, leg's ins Nebenzimmer, oisse roger, kauf ma a Hoibe, dring a weng, auf oamoi um hoibe zweyfe sogt'a: Er brauchat den Anschluß iatztad im Gastzimmer, ja guad, i nimm' des Kabe, leg's ins Gastzimmer, oisse easy, kauf ma a Hoibe, dring a weng, iatzad um hoibe viere kimmt er daher, er brauchat den Anschluß doch im Nebenzimmer.
Ja is' leicht des a arwat'n.
A Hetzerei is' des.
Froilein zoin: Zehn Hoibe und a Schtangal.

38 Spezialisten bei der Arbeit, 38 öffentlich rechtli-

che Alkoholiker, 38 Spezialisten beim Lösen kompliziertester Probleme.

T: *Angespannt zählend*
Sog' amoi: Woaß von eich oana a Nagetier mid vier Buchstab'n?

38 Spezialisten beim Lösen kompliziertester Probleme.
Auf einmal schwebt der Redakteur priesterhaft kollegial auf mich zu.

R: *Jovial*
Herr Zimmerschied, Herr Zimmerschied, der oane Satz do, gey, do wo' ma scho amoi g'redt ham, der oane Satz doda, ne, der oane Satz, Sie wissen scho, der Satz do, oiso: »Ich bin so geil wie ein ganzes Priesterseminar«.
Der Satz do, oiso i moan, natürlich, oiso es stimmt, aber kannt' ma do ned song, song' ma omoi mia ham früher oiwei g'sogt: So geil wie Hühnerscheiße – stimmt a, owa beleidigt neamt. Oder – er kannt's jo im schpeim song, ha: Ich bin so geil wie ein ganzes – und beim Priesterseminar kotzen.

Die Regieassistentin schweigt.
Ich gehe hinaus.
Irgendein Zwischenschnitt wird das Problem lösen.
Plötzlich ist alles vorbei.
Das Abbauen gleicht einem Befreiungskampf.
Die Gesichter werden heiter.
Die Dame mit dem Sprechfunkgerät sagt zum fünfhundertsten mal: Gchhpftrxxxgch.
Beim Wegfahren sehe ich irgendwo einen Redak-

teur und eine Regieassistentin stehen, beide stumm. Er in der Bluthochdruckkröte des resignierten BR-Pragmatikers mit einem hektischen strategischen Lächeln, trinkt Bier, raucht Rothändle und strahlt immer noch etwas aus, das irgendwo zwischen Zynismus und Zirrhose liegt.

Sie in der Fahlheit der ersten Assistentenlüge, will nichts mehr anders machen, trinkt Mineralwasser, raucht nicht.

Und die letzte Reaktion, aufgetrieben in der freud-
losesten aller bayerischen Städte, nämlich in
Nürnberg.

Lustlos, monoton, fränkischer Dialekt

Ich weis nicht was die immer haben mit ihrem
volkstümlichen Zeug, mit all dem Klamauk und
Familienschicksal und all so'n Komödienstadl.
Das ist doch alles nicht primär politisch.

Da mußt du einmal in den »Dritte-Welt-La-
den« geh'n, da bringt der Herbert gerade täg-
lich seinen Erfahrungsbericht. Der war nämlich
zwei Monate Kaffeepflücken in Nicaragua und
der sagt: Bei jeder Bohne hat er förmlich die
Einheitsfront gegen den Weltimperialismus ge-
spürt.
Das war interessant, war gut besucht.
Waren alle da – alle fünf, der Mischa, der Rüdiger, die Brigitte, der Jens und die Angelika.

Was übrigens ganz großartig ist, ist das alternative Frauenballet im »Pogo«.
Da werden die Bewegungen nur angedeutet,
nur ganz feine Zuckungen und trotzdem spürt
man da die ganze Sinnlichkeit der karibischen
Völker raus.
Zwangzig Leut' waren da – auf der Bühne.
Unten – wart' mal da war da der Jens, die Angelika, der Rüdiger, die Brigitte und der Mischa.

Am besten hat mir aber das neue Theaterstück
vom Rüdiger gefallen.
»Alleway« hat's geheißen.

Das war eine exakte Studie über die bürgerlich latenten Aggressionsreste in alternativen und fortschrittlichen Lebensmodellen.

Dargestellt war das Ganze an einer ganz normalen Wohngemeinschaft mit zwei Lesben, zwei Homos, nein halt der eine war bi, einem Sado, einem Maso, einem Punker und einem anatolischen Hirtenhund. Na, was soll ich lang reden: Der Rüdiger war da und der Mischa, der hat ja das Bühnenbild gemacht, lauter Tücher, nur Tücher, die Brigitte war krank aber der Jens war da und drei Kritiker, die waren ganz begeistert. Die haben gesagt: Endlich mal ein Stück über unsere Welt.

Wir waren drauf wie die Sau.

Wir sind dann anschließend noch ins alternative Pils-Pub, da hat noch ein einarmiger chilenischer Gitarrist gespielt und da waren wir so betroffen, wir waren so betroffen, also so gut hab' ich mich schon lange nicht mehr gefühlt.

Und da kommen die mit ihrem niederbayerischen Volkstheater und wollen uns was von Passauer Machtstrukturen erzählen und gankerln da rum und gehen auch noch in die Turnhalle von dem reaktionären TSV, nur weil die auch den Mann von der Straße erreichen wollen – der soll doch fernsehen.

Die Kleinkunst gehört uns, das ist unser Hausmusikabend.

Da muß ein Qualm sein und ein Bier, a »Szene« und ein paar Anarchomuschis und ein adäquater Wortschatz.

Und das meine nicht nur ich, das meinen alle, der Mischa, die Brigitte, der Jens, die Angelika und der Rüdiger.

KLASSENTREFFEN
oder: Früha war des oisse ganz anders

Ein Schaukampf in fünf Runden

Runde eins

Klassentreffen werden in der Regel angeregt und organisiert von früh verheirateten Müttern mit zwei bis drei Kindern und mäßig erfolgreichen Ehemännern.

Assistiert werden sie im Allgemeinen von eher unbeschäftigten Subjekten, die sich nach einigen abgebrochenen Studiengängen fürs lebenslange Sitzenbleiben entschieden haben.

Unterschiedlich motiviert erwarten dann beide in resopalbeschichteten Nebenzimmern an hufeisenförmig angeordneten Plastiktischen das kommende Unheil.

ANNERL: *Nervös, aufgeregt mit hoher Stimme*
Mei, i bin jo so g'schpannt.
Hundert Briaf hob' i g'schriem, bis noch Amerika hob' i telefoniat, ach i hob' fia nix mehr Zeit g'hobt.
Langgezogenes, träumerisches Seufzen
Meine Kinder ham ausg'schaugt wia von da Fürsorge a'zog'n und mei Ma' is' noch'm dritt'n Moi Schinkennudeln in's Wirtshaus zum Ess'n ganga.
Owa sche war's, a ganz a andare Weyd. I g'frei mi so, Franze.

FRANZE: *Gleichgültig, trinkend*
I scho a.
Mit aufkeimendem Haß

21

I sauf's heid einfach olle zam, de Schrumpfköpf.
Dies irae – olle.

ANNERL: *Schwärmerisch*
Oamoi no wia früha, ned wia immer, koa Alltag, sondern –
Entrückt
wia wenn' ma wieda amoi olle auf da Bank sitz'n, d' Hausaufgab'n obschreim, d' Schuiglock'n läut'n hean und olle beinand san, olle beinand. Des is' doch sche Franze, oda.

FRANZE: Sche war des nia. Owa heid, heid sauf i's einfach olle zam.
Zur Bedienung
Roswitha, a Hoibe, damid d'Erinnerung nochloßt.

ANNERL: *Nervös*
Iatzt moan' i kimmt wer, Franze.
Mei Franze, wos dua i denn wenn i's ned kenn'?

FRANZE: *Parodiert Pose der Überfreundlichkeit*
Mei griaß eich – sogst und a jeda g'freit se.
Liang duast hoid, weil heid olle liang.

Und damit ist bereits Runde zwei des Klassentreffens eingeläutet: Die ersten Klassenkameraden erscheinen.

FRANZE: *Schaut auf die Uhr*
Des kann nur da Anton sei, weil der war immer pünktlich; do hoda am wenigsten Schläg' griagt, de Schiagsau de oide de.

ANNERL: *Beschwichtigend*

22

Der is' owa iatzad ganz wos hoch's,
bei da CSU und im Bauausschuß und
im Kulturausschuß und jed'n Dog in
da Zeitu...

Gerührt

Mei, da Bummerl is' a dabei.

FRANZE: *Nachäffend*

Ja, wia früher.

Sachlich

Der hod jo am Anton damois scho
d'Schuidasch'n trong.

ANNERL: Der is owa iatzad Beamter – A 12.

Überfreundlich

Mei griaß de Toni.

Zu Franz

Du wia hoaßt denn da Bummerl richtig?

Wieder zu den beiden

Mei griaß eich – mitanand.
Setzt's eich doch her do. An Franze
kennt's jo eh no.

ANTON: *Sich raumgreifend setzend, mit jovialer
Funktionärsaufdringlichkeit sprechend*

Ja freile kenn' i an Franze, an Franze
werd' i ned kenna, na freile kenn' i an
Franze, is jo a oida Kamerad da Franze. Und s' Bier schmeckt eam a no, ja,
ja d' Wirtschaft muaß laufa, gey Franze. Do schaugt's her, an Bummerl hob'
i eich a midbrocht, sog' sche »Griaß
Gott« Bummerl und blamier' mi' ned.
Na ja, a Spaß muaß sei in am kernig'n
Voik, oda Bummerl.

BUMMERL: *Die Hände verkrampft verschränkt, mit
süßsauerer Freundlichkeit*

Freile Anton. G'miatle.

23

Fixiert verschämt Annerl
Grüß dich Annerl, gut schaugst aus,
wie früher.

ANTON: *Laut*
Langt scho Bummerl, langt scho.
I sog's eich, auf so an Beamt'n wennst
ned aufpaßt, glei wiad' a zutraulich.
Ehja a Spaß muaß sei in am kernig'n
Voik, oda Bummerl.

BUMMERL: Freilich Anton, wenn d' G'miatlich-
keit aufhört, fängt's Chaos an.

ANTON: *Selbstherrlich*
Na ja, do werd'n ma scho aufpass'n,
gey Franze – oda bist oiwei no in da
SPD? Na ja, a bo brauch' ma eh und
solang eanas Bier schmeckt.

BUMMERL: *Beflissen*
Nur wenn's zuviel werden, dann...

ANTON: ...dann geb' ma eana koa Bier mehr.
Lacht

FRANZE: *Nach einer kleinen Pause*
Roswitha, a Hoibe...und an Überkin-
ger fian Bundeskanzler.
Süffisant zu Anton
Weil zum Klassensprecher host' as jo
nia brocht, gey.

ANTON: *Ernst, humorlos*
Aha.
Zeit'n ändan se, Franze.
Kloa blei'm is koa Kunst.
Zur Bedienung
Na, na koan Überkinger, ein Bier, ein
frisches Helles.

BUMMERL: Zwei bitte.

ANNERL: *Ängstlich*
Deat's eich fei bitte ned schtreit'n heid.

Schaut zum Eingang
Mei wer is' denn des?
Des is jo da Elmar. Ob der ollawei no so gscheit is'? Der hod' se jo oisse merka kiena. A Arzt is a iatzad, wenn ned gor a Dokta.

ANTON: *Abfällig kategorisierend*
Aha.
Turnschuah, Wuidlederjack'n und a Glatz'n – a Marxist is' des, des riach' i. Na ja, harmlos.
Mid a'm Fünfer im Turnen mocht' ma koa Revolution.

BUMMERL: *Verkniffen*
Hirnschoaß am Reck, hamman immer g'nannt, wenn' a turnt hat.
Grüß dich Elmar.

ELMAR: *Akademische Geste, überspannte Diktion*
Salve discipuli.
Wohlan, die Celebration der nie vorhanden gewesenen Klassensolidarität kann beginnen.

ANNERL: Grod hob' i g'sogt Elmar, du bist einfach damois scho wos b'sonders g'wes'n.

ELMAR: Jaaa, Münchner Luft, Cafe Ruffini. Wie ich sehe der Klassenfeind besetzt die besten Plätze.
Salve Anton Bummlaque.

ANTON: *Lacht gequält*
Ja, ja, Elmar, red' no, solangst no kannst.

ELMAR: Oh, der ehemalige Prügelknabe ist zum Funktionär aufgestiegen.
Zu Franz gewendet

Ach Franz, die schweigende Mehrheit oder der Alkoholismus im Spätkapitalismus.

FRANZE: *Lapidar*
Roswitha, a Hoibe – und a'n Campari Soda fian Fensterbrett'l-Revolutionär.

ANNERL: *Besorgt*
Mei bitte, deat's eich fei ned schtreit'n heid.

Naiv
Mei, wißt's es no, wia da Elmar amoi beim Fuaßboischpuin an Boin mid de Händ' ins Tor g'worfa hod und dann hoda a'm Schiedsrichter ei'gredt, daß da Mensch vom Aff'n obschtammt und der hod jo vier Fiaß.

Und da Schiedsrichter, des war da Herr Prälat und dann ham's oiwei g'schritt'n ob iatztad da Mensch vom Aff'n obschtammt oda vom Herrn Jesus.

Des war doch lustig, oda.

Blickt sorgenvoll in die regungslose Runde

BUMMERL: Ich hab' ja damals das entscheidende Tor g'schoss'n, gell Annerl.

ANTON: *Streng*
Wer hod des Tor g'schoss'n?

BUMMERL: *Reagiert sofort*
Ach so ja, de Vorlag hob' i ge'm, richtig ja so war's, de Vorlag hob' i geb'n.

ANNERL: Owa lustig war's doch, oda?
Begeistert
Reni, des is doch de Reni, Reniiiiiii.

RENI: *Weiche, monotone Stimme, ständiges Haaredrehen*

26

Griaß eich.

Ihr müßt's entschuldigen, aber ich hab' doch da jetzt mit einigen Freunden so einen Bauernhof im Bayerischen Wald mit Ziegen und Schafen und Enten und die kleinen Gickerle, die müssen jetzt geschlachtet werden und da haben wir solange diskutiert, wißt ihr, wie wir diese kleinen niedlichen Geschöpfe am besten...jaaa.

ANTON: An Kopf owa und a Ruah' is'.

ELMAR: Die irrationale Emotionalität der ökologischen Bewegung und die Simplhaftigkeit der bürgerlichen Patentrezepte sind doch nur Bremsklötze jeder revolutionären Bewegung, hey Reni.

FRANZE: Roswitha a Hoibe – und a Müsli fia d' Heilsarmee.

RENI: *Penetrant fürsorglich*
Franzi, grüß dich.

Gehts dir nicht gut?

Schau, die Welt fängt doch jeden Tag von vorne an. Nimm sie, leb' sie, Franzi. Schau, wenn du siehst, wie aus einem kleinen Samen ein Pflänzchen wird und aus dem kleinen Pflänzchen ein großer fester Kohlkopf wird, schau Franzi, das gibt doch Mut zum Leben, oder.

FRANZE: *Imitiert sie*
Schau Reni, wenn i de Hoibe Bier vor mir sähg und i ziag oamoi a und es is' bloß no a Viertl drinn und i ziag no amoi a und es is' bloß no a Lackal drinn und des hoit' se a nimmer lang, Reni, glaub' mas, des gibt mir Kraft – fia a

27

neie Hoibe.

ANNERL: Ned schtreit'n heid.
Starrt zum Eingang
Wos is' denn des?

ANTON: *Fassungslos*
A Punker.

BUMMERL: *Beflissen*
Oder ein Skinhead.

ANTON: De ham doch a Glatz'n, Bummerl.
In Richtung Eingang
Hä, Sie do, des is' fei a Klassentreffen
und koa Orgie.

ANNERL: *Einlenkend, besorgt*
Na, des is jo, mein Gott des is jo de
Geli. Na ja, de war lang in Berlin, des
kann scho sei.

GELI: *Schnodrig, lasziv*
Ey Typen ey, bin ich hier richtig beim
Seniorentreff. Mann, Anton, alter
Wixer ey. Was gafft ihr denn so, ich
bin's, die geile Geli.

BUMMERL: *Unsicher grinsend*
Des is doch die, die immer so gut
Geige g'schpielt hat, mit de langa Zöpf.

ELMAR: Von der Esoterik der bürgerlichen
Kunstgötter zu den Dämonen der
Ghettokultur führt doch nur die
Schrittlänge der Resignation.

GELI: Aaach der Zitatenonkel, ätzend ey.
Wissen mal Wortschatz ist gleich
Schwanzlänge, fick dich doch selbst,
Type.

BUMMERL: Des is doch die, die immer die, die immer die Haydn Sonaten auswendig g'-
spielt hat.

ANNERL: Des hod ma iatzt so in Berlin, gey.

28

GELI: Ja Oma, sag mal seid ihr alle bescheuert oder wie.

BUMMERL: *Mutig*
Was ich dich eigentlich mal fragen wollt, Geli: Spielst du eigentlich noch ab und zu Querflöte?

GELI: Ey Bummerl ey, soll ich dir einen blasen oder was?

BUMMERL: *Schüttelt verlegen den Kopf*
Na, na, ned.

ANTON: Na Gottseidank, do kimmt' a jo, da Herr Prälat.
Wir grüßen – Grüüüüüß Gott.

PRÄLAT: *Eilig und salbungsvoll*
Grüßeuchgott Kinder, grüßeuchgott, wie gehts uns denn?
Na Franzi wie geht's uns denn immer?

FRANZE: Scheiße.

PRÄLAT: Na das hört man gern Franzi, das hört man gern und die Reni ist auch da. Hast allweil a rechte Anstrengung mit die Kinder in der Schul'? Bist schon z'fried'n als Lehrerin.

RENI: *Zweifelnd*
Man möchte halt die Kinder zu bewußten...

PRÄLAT: Na freilich Reni, und die Geli ist auch da. Warst im Fasching Geli, bunt hast di g'macht. Hmm, hat a'n gut'n G'ruch dei Zigarett'n, was ausländisches.

GELI: *Angemacht*
Schwarzer Afghan, Pope.
Lieber Hasch im Hirn als Weihrauch im Knie, ey.

PRÄLAT: *Motorisch*

Ja, ja sind ja arme Menschen dort unten. Wir bieten ja jetzt auch Kaffee aus
der Dritten Welt in unseren Gemein-
den an.
Und der Elmar ist auch da.

ELMAR: Die Ignoranz der Mächtigen ist doch
nur der Stabilisator des Elends.

PRÄLAT: Na freilich Kinder.
Klatscht in die Hände
So Kinder, was gibt's denn zu Essen.

Mit dieser konkreten Fragestellung beendet der
Herr Prälat die zweite Runde des Schaukampfes.
Das Essen wird bestellt.
Zweimal Jägerbraten für Anton und Bummerl,
einmal Schweinsbraten für Franze, einen großen
Salatteller für Reni, geräucherte Forelle und Par-
maschinken für Elmar, einen abgefuckten Schin-
ken-Käsetoast für Geli und zweimal Wiener
Schnitzel für Annerl und den Herrn Prälat. Dem
Schweigen des Essens folgt Runde drei.

ANNERL: *Launisch*
Mei wißt's es no wia ma oiwei so sche
g'sunga ham auf de Wandertage und
am schenst'n war's oiwei wenn' ma
ned g'sogt hod wer foisch g'sunga hod.
Des war so a richtige Klassengemein-
schaft. I glaub' so wos gibt's heid gor
nimmer.

ANTON: *Mit Kennergeste*
Disziplin feyd.
De heidig'n Lehrer san jo no lascher
wia Gastarbeiter.
Heiter
Do woaß i an guad'n Witz, den hob i

neilich in da Fraktion g'heat:
Schpuit a Österreicher und a Türke in
ana Mülltonne Fuaßboi.
Wer g'winnt?
Ha, wer g'winnt, sog ha, wer g'winnt?
Da Türke, weil a a Heimschpui hod.
Lacht laut

RENI: *Mit bitterböser Sanftheit*
Also Anton, die Welt ist doch a große
Familie.

ANTON: *Jovial*
Ejaa, freilich, freilich san Türk'n a
songma amoi Mensch'n, natürlich,
seybstvaschtändlich, gar keine Frage,
aber – aufpass'n muaß ma, des is' a an-
dere Rass'. Schaugts beim Prinze,
mei'm Schäferhund is' jo seybe – paßt
du nicht auf, scho schnappt' a.

BUMMERL: *Bestätigend*
Bei mei'm Waggi is' genauso.Kaum
gibt eam s' Fraule koa Wurschti...

FRANZE: *Verarschend*
...scho is' Deiferl los, im Momenterl.

ANTON: Bist doch a Kommunist, Franze.

BUMMERL: *Mit Merksatzgewichtigkeit*
Der Kommunismus ist die Gleichschaltung aller Menschen.
*Sein Blick fällt auf Annerl. Er flirtet ver-
schämt und holt ein Foto aus der Brusttasche*
Do schau her Annerl, des is' unser
Haus. Na des, des blaue, ach so des san
mehra,
Schaut verzweifelt auf sein Foto
na des blaue mit dem gelb'n Balkon,
san a mehra, oiso des blaue Haus mit

dem gelben Balkon und den roten Geranien...
Verunsichert
...also des vierte von links, des glaub' i is' unser Haus.
Lächelt wieder stolz
Die Einfahrt hab' ich selbst...betoniert.

ANTON: *Protzig*
I hob' iatzad mei Zufahrt a begrünt. »Pinus mungo«, Zwergedellatsche aus Japan und wos ganz guad is' – Tsuga canadensis Jeddeloh – Zwerghemlocktanne, saudeier.

BUMMERL: Mach' ich auch noch und a Koniferengruppe mit Blautanne.
Du Anton, host du eigantlich dein' südtiroler Balkon scho g'schtrich'n?

ANTON: Freilich – Xylodekor.
De Hoizwürma schpeim scho wenn's mi grod seng.

BUMMERL: Muß ich auch noch machen, Anton.

FRANZE: *Eindringlich*
Und der Kommunismus ist die Gleichschaltung aller Menschen.
Prost Anton.

RENI: Wir ham jetzt bei uns auf'm Hof alles mit biologischem Holzessig einlass'n. Ich hab' sogar den Kohlgallenrüssler mit Ackerschachtelhalmbrühe vertrieben.

ANTON: Bloß auf de Brennessljauche reagiern's hoid ned, de Türk'n.

RENI: Anton!

ELMAR: Der Zynismus der Etablierten als Brennesseljauche des Faschismus.
Von sich selbst begeistert

	Gut, sehr gut, genial.
GELI:	Hirnkacke.
	Schüttet Elmar Wein ins Gesicht
	Wix doch woanders ey.
ELMAR:	*Wischt sich theatralisch ab*
	Die Argumentationslosigkeit der Randgruppen ist doch nur die Onanie der Wehrlosen.
ANTON:	Do hammas, das rotgrüne Chaos.
PRÄLAT:	Wir bieten ja in unseren Jugendgruppen vermehrt Wallfahrten an. Drei Tage Gebet und Gemeinschaft.
FRANZE:	*Abfällig*
	Betsportgruppe Woytila.
	Aaaachtung, faltet die Vorhaut, meditieren – Marsch!
	Roswitha – a Hoibe, und a Feydflasch'n fian Hochwürd'n.
ANTON:	*Autoritär*
	Oiso Franz, iatzt heat'se da Schpaß auf. Owa du host jo im Religionsunterricht scho oiwei diskutiert.
BUMMERL:	*Empört*
	Sigurdheft'l hat er g'les'n – unter der Bank.
ANNERL:	*Um den Zusammenhalt auf's äußerste besorgt*
	Mei wißt's es no, wia da Herr Prälat amoi noch de heilig'n drei Könige g-frogt hod und da Franze hod g'sogt: Sigurd, Bodo und...und...
BUMMERL:	*Beflissen*
	Cassim.
	Cassim hat er g'heiß'n, der Knappe.
ANNERL:	Owa lustig war's doch, oda?
ANTON:	Lustig?

Anarchie war des. Wo se da Herr Prälat a so a Miah gem hod mid uns.

FRANZE: *Eindringlich, betrunken*
Iatzt wennst du ned glei dei Mei hoitst,
dann...dann...dann dring i no oane,
des sog i da.

ANTON: Bedienung, zwoa Obstler.

FRANZE: Doppelte, weil di' sauf' i heid owe, Anton, und wenn's ma d' Leber z'reißt.

RENI: Also weißt Franz, ich finde Alkohol als
Konfliktlösung nicht gut.
Schwärmerisch
Schau, wir haben da so eine Gruppe,
weißt du und da treffen wir uns einmal
in der Woche und da nehmen wir uns
bei der Hand und bilden einen Kreis
und sagen uns, was wir voneinander
halten.

FRANZE: *Belustigt*
Und dann?

RENI: *Eifrig*
Dann werden wir alle ganz locker und
befreit, weißt du.

FRANZE: Und dann?

RENI: Dann lösen wir den Kreis auf und jeder
sucht sich seine Konfliktperson. Das
wird dann manchmal ganz laut und
schonungslos und...

FRANZE: Und dann?

RENI: Na ja, dann bilden wir wieder einen
Kreis und nehmen uns wieder bei der
Hand und...und...na ja, aber es befreit
eben so.

ANTON: Oiwei no besser wia Schtoana-
schmeiß'n.

GELI: Mensch ey, ihr seid wohl alle scheintot.

	Zoff Anton, dir gehört dein Arschgesicht poliert bis es raucht, du Russenficker.
ANTON:	Gebt's da Terroristin an Schnaps, sunst mocht's no a Unordnung.
GELI:	*Schüttet* Faschistenschweine!
ANTON:	Iatzt reicht's owa, mia san doch do ned in Brokdorf.
RENI:	*Weinerlich* Bitte, Konflikte kann man doch lösen. Kommt, jetzt nehmen wir uns alle bei der Hand und bilden einen Kreis...
GELI:	Verpiß dich mit deinem Kreis. Nimm den Pfaffen am Schwengel, der singt sofort mit.
PRÄLAT:	*Klatscht* Kinder, schluß jetzt. *Nimmt sein Weinglas* Auf euer Wohl! Ein gutes Tröpfchen, Mosel oder Rheinhessen, ein süffiges Tröpfchen.
FRANZE:	Bedienung, zwoa Obstler, oda Anton.
ANTON:	*Schwer* Freile, weil oamoi in dei'm Lem soist a wos z'ambringa und wenns nur a Rausch is'.

Damit ist Runde vier eröffnet:
Man trinkt.
Annerl ihr drittes Verzweiflungsweizen, der Herr Prälat den sechsten G'spritzt'n, Bummerl steigt auf Pils um, Elmar kostet den Sekt des Hauses, Reni bestellt französischen Landwein, angeblich naturbelassen und Geli eine geile Goaßmaß.
Franz und Anton haben eine Flasche Obstler bestellt. Der Kampf geht weiter.

ANNERL: *Beschwipst*
Mei wißt's es no wia ma uns oiwei
heimlich troffa ham mid de Buama.
D' Buama san grod vom Turnen kemma und mia ham dawei ganz fleißig
s' Klassenzimmer zamgramt.
Mei war des scheeeee.

BUMMERL: *Schwer blasend*
Du hast doch da immer so a graues
Kostüm ang'habt Annerl, mid Seiden-
futter.

FRANZE: *Kindisch*
Innen?!
Wia host denn du des g'seng, ha Bum-
merl?

BUMMERL: *Mit verschämtem Stolz*
Mei, a so halt.

FRANZE: Hod a de packt, Annerl, ha, hod di da
Bummerl tatsächlich packt.

ANNERL: *Kokett*
Geh' Franze.
Romantisch war's hoid.

FRANZE: Mit'm Bummerl? Do muaß finster g'-
wen sei.

BUMMERL: *Angestrengt*
Vielleicht könnt' ma uns amoi treff'n
Annerl, nur so – auf a'n Kaffee.

ANNERL: Wos dad denn do dei Frau song,
Bummerl?!

BUMMERL: Na, na nur so – auf a'n Kaffee.

ELMAR: *Betrunken*
Das Lustdefizit der Beamtenklasse re-
produziert die Repression derselben.

RENI: *Schrill*
Von da Triebunterdrückung hod fei
scho mancher a'n Krebs griagt.

ELMAR: Ich bin dir bei der Vorsorgeuntersu-
chung gern behilflich, Reni. Bei uns im
»Größenwahn« nennt man das
Präventivkoitus.

RENI: Ohne Liebe geht des ned; da muß die
Seele eins sein mit'm Verlangen.

ELMAR: Reni, diskutiert wird in München hin-
terher.

PRÄLAT: *Schwer angetrunken*
Ein gutes Tröpfchen, ein sehr gutes
Tröpfchen, Mosel oder Rheinhessen,
ein süffiges Tröpfchen.

FRANZE: *Gezielt in eine kleine Pause*
Sog' amoi Anton, di' hob i eigantlich
nia g'seng wenn mia vom Turnen
kemma san. Owa du host jo a liaba
Nos'n bohrt.

ANTON: *Aggressiv, schwer betrunken*
Nie...hob i...Nos'n bohrt. I hob a
Frau, eine anständige Frau. De duat
Wäsch wosch'n Kinder frisian und ned
dazwisch'nred'n.
Auf d' Weiba...prost.

GELI: Ach ne. Und wer ist beim Mädchen-
turnen im Geräteraum zwischen den
Medizinbällen herumgehängt und hat
sich einen abgeschrubbt? Und wer hat
pausenlos die Füller fallen lassen und
hat sich beim Bücken die Mädchen-
beine begafft, ey?

ANTON: *Entschlossen*
Nie...hob i...Nos'n bohrt.

GELI: *Schüttet ihn ab*
Geiler Saftsack.

ANTON: *Wischt sich schwerfällig mit dem Ärmel
das Gesicht ab*

Ja ihr,
Haßerfüllt, bedrohlich leise
ihr scheißliberalen Nihilist'n ihr. Ned
arwat'n, rumhur'n und Bomb'n-
schmeiß'n. Owa de Zeit'n san vorbei,
endgültig vorbei. Iatzt wiad wieda
schtramm g'schtand'n und d' Raket'n
aufg'schteyd
Brüllt
ob's eich paßt oder ned.
Verletzt leise
Ja, i woaß' scho, i war fia eich des letzte
Arschloch, da deppad Toni, da Muich-
geydanton, i hob's no in de Ohr'n eier
Kichern, eier blödes Kichern.
Richtet sich auf
Owa i hob's g'schafft, eich olle hob' i
g'schafft. Ja, nehmt's eich nur bei da
Hend und diskutiert's und mocht's a'n
Kreis und vög'lts eich von vorn und
von hint' bis vareckt's.
Eindringlich
Mia geb'n iatzt de Zeignisse und mia
geb'n iatzt de Not'n und i loß' eich olle
durchfoin, olle.
Brüllt
Bummerl, mia fohn!

BUMMERL: *Verstört*
Aber ich wollt' doch noch s' Annerl
heimfahr'n.

ANTON: Mia fohn hob' i g'sogt.

PRÄLAT: *Mechanisch*
Ich muß jetzt eh auch aufbrechen. Wir
haben morgen Rekrutengelöbnis im
Exerzitienhaus.

GELI: *Fasziniert von Anton*

Ey, echt heavy der Typ. Wo Power ist
da bist auch du, Punker in die CSU.

ANNERL: *Verzweifelt*
Sog hoid du a amoi wos Elmar. Du
host doch sunst ollawei wos g'sogt.

ELMAR: *Überheblich*
Provinz. Bei uns in München glaubt
mir das wieder kein Schwein.

RENI: Des is' de fehlende Mutterliebe. Da
Anton hod koa Wärm' in seim' Leb'n.

GELI: Langsam wird mir die Kiste zu lasch
hier. Ich geh' mir einen abrocken.

ELMAR: A Disco wird's ja hier nicht geb'n aber
vielleicht hat noch a Tanzschule off'n.
Grinst blöd
Und morgen fahr' ich in die Toscana –
atmen.

RENI: Morgen haben wir wieder Gruppe und
dann nehmen wir uns bei der Hand
und bilden einen Kreis – füateuch ihr
einsamen Wohlstandskinder.

Annerl und Franz sind wieder allein.

ANNERL: *Apathisch*
Franz, sog amoi, wia oid san mia
eigantlich.

FRANZE: *Total betrunken*
Daus'nd Joh'.

ANNERL: Do is' jo mei Oma no' lebendiger.
Versucht nicht zu weinen
De wenn locht, dann schaut's aus wia
zwanzge.

FRANZE: Owa owe g'suffa hob' i' s olle.

ANNERL: *Weint*
Früher war des oisse ganz anders.

FRANZE: De schpeim heid wia d' Reiher.
Er sackt zusammen
ANNERL: *Allein*
Franz! Franz!
Na ja, eigantlich war's doch ganz lustig.
Bedienung schreckt sie auf
Wos? Zoin?
Noch einmal im alten freudigen Organisationston
Ja, oisse zam, des war, des war a...
Wieder traurig
...Klassentreffen.
Stiert apathisch ins Leere
Na ja, dann werd' i hoid morg'n wieder Wäsch' wosch'n, Kinder frisian und Blumen giaß'n.
Vielleicht is' des...s' Leb'n?

Weitere Bücher aus dem
ANDREAS-HALLER-VERLAG
auf den folgenden Seiten

im Andreas-Haller-Verlag

SIEGFRIED ZIMMERSCHIED
A ganz a miesa, dafeida, dreckada Dreck san Sie
218 S. kart. mit zahlreichen Fotos von
Joseph Gallus Rittenberg DM 28,00

Die Texte dieses Bandes sind in der Zeit zwischen
1975 und 1982 entstanden: Sie zeigen den Zimmerschied, der noch in verschiedenen Formen eigenes
sucht, den, der mit den "Onkel Alois" Geschichten
sein Thema gefunden hat und gehen bis zum ersten
Programm des "Passauer Volkstheaters".
Ausführlich werden die juristischen Auseinanderset-
zungen um den "Hirtenbrief" dokumentiert, der in
beiden Ausgaben abgedruckt ist.
Die Fotos von Joseph Gallus Rittenberg zeigen das
außerordentliche darstellerische Können Zimmerschieds.

im Andreas-Haller-Verlag

SIEGFRIED ZIMMERSCHIED
Für Frieden und Freiheit
Ein Holzweg in vierzehn Stationen
94 S. kart. DM 14,80

Das Stück "Für Frieden und Freiheit" ist die erste abendfüllende Arbeit Zimmerschieds für das "Passauer Volkstheater".
Der Hausmeister Wick Wimmer wird von seiner Frau in die Politik getrieben. Er wird Kandidat für den Stadtrat. Das Spiel wäre wohl gelungen, würde nicht Wicks Tochter Regina ausbrechen.
Die Analyse von Kleinstadt-Politik, die Zimmerschied hier vorlegt, nennt die Karriere-Bausteine beim Namen: Kirche, Partei, Presse. Die wirken nicht nur in Passau.

im Andreas-Haller-Verlag

ANJA ROSMUS-WENNINGER
Widerstand und Verfolgung
Am Beispiel Passaus 1933-1939
191 S. kart. DM 29,80

Für ihre Untersuchung zur Geschichte der Stadt
Passau zwischen 1933 und 1939 wurde die Passauer
Studentin Anja Rosmus-Wenninger 1984 mit dem
Geschwister-Scholl-Preis ausgezeichnet.
Das Buch entstand gegen massiven Widerstand von
Seiten der Stadt und der Kirche.
Rosmus-Wenninger untersucht den Alltag der Jahre
zwischen der "Machtergreifung" der Nationalsozialisten und dem Beginn des Zweiten Weltkriegs. In
Passau gab es keine spektakulären Aktionen, es fanden keine großen Ereignisse statt. Das Buch handelt
vom alltäglichen Faschismus, von der Wirkung der
Nazi-Herrschaft in einer kleinen Stadt.

im Andreas-Haller-Verlag

FRIEDRICH BRUNNER
Heinrich Lautensack
Eine Einführung in Leben und Werk
166 S. kart. mit Abbildungen DM 22,00

Von Heinrich Lautensack haben zwei Theaterstücke
überlebt: "Hahnenkampf" und "Die Pfarrhausko-
mödie". Beide werden immer wieder von Theatern in
der ganzen Bundesrepublik gespielt.
Brunners Buch – Biographie und Werkanalyse zug-
leich – stellt den ganzen Lautensack vor, von dem seit
Jahren keine Buch-Ausgabe mehr existiert.
Lautensack war unter anderem Mitglied bei den "Elf
Scharfrichtern", er war einer der ersten Autoren von
Filmdrehbüchern. Seine Gedichte und Stücke hatten
immer wieder mit der Zensur zu kämpfen.
In allen seinen Arbeiten hat Lautensack den Bezug zu
Passau und Niederbayern behalten.

im *Andreas-Haller-Verlag*

UWE DICK

Der Öd
Das Bio-Drama eines Amok denkenden Monsters
oder: Wechselfiebrige Anfälle von Weisheit,
Torheit und Faschismus.
Mit Fotos von Joseph Gallus Rittenberg
47 S. kart. DM 12,80

König Tauwim · Mangaseja
Zwei Märchen
56 S. kart. DM 9,00

Im Namen des Baumes und seines
eingeborenen Sohnes des Buntspechts
Ein Briefwechsel mit Pariser Kindern
47 S. kart. DM 9,00

Ansichtskarten aus Wales
Erfahrungstexte
53 S. brosch. DM 12,00

Uwe Dick ist ein Dichter, der Aufruhr, Atem und
Ungeduld verkörpert, nicht zeitgemäße Szenen besucht, sondern Zeit und Welt in heftigen Sätzen her-
einholt. Seine "Knallbö" zerfasert Redeblumen.
                                    Sender Freies Berlin